最近ちゃんと泣いてますか?

saikin chanto naitemasuka?

楓《Kaede》 流衣《Rui》

文芸社

CONTENTS★★★★★★★★★★★★★★★★★★★★★★★

第一章

恋愛未満　失恋未満

失くしたくない風景

今日。

あなたの笑顔を

久しぶりに見た。

恋を伝えるのが

怖くなった。

“好きになる”ってこと

傷のない
“恋の終わり”が
あるなんて思いたくもないし
夢の中で見た景色《いろ》は
どこか　さみしげで
いつしか
一人で部屋にいることや
一人で聞く時計の音に慣れたつもりでも
あったかい“誰か”の言葉
ずっと待ってる気がする…
誰だってキレイな言葉より
触れて感じる温もりの方がいい
いつだって“想い人”に
側にいてほしい
「恋」と「愛」との違いなんて
解らないし　知りたくもないけど
“好きになる”ってこと
忘れたくない…

これがなかなかムズカシイ

もっとフツーに話したいんだけどな。

もっとフツーに笑いたいんだけどな。

告白のシナリオ

好きな人に「好き」って言える

私にとってはすごい事

どんなに好きになっても

少しばかりのトゲと

たっぷりの愛情《きもち》をミックスして

あなたをイジメてしまうだけだもの

でも今はまだ怖い

たったの一言で何かがバランスを失くしそうで

だからね…今「好きです」って

真剣な顔して言っちゃっても

「いつもの冗談でしょ？」って笑ってほしい

気持ちが…“好き”って気持ちが

言葉に勝てそうならちゃんと言います

「冗談なんかじゃありません、本気で好きです」って！

夢で見ましょ

夢を見ましょ

今自分が思い描いてる未来

夢を見ましょ

あなたと結ばれてその後やってくる幸せな日々

あまりにも現実《いま》はツラすぎる、悲しすぎる、不安すぎるから

夢を描けば描く程現実《いま》が恐いくらいこっちを見てるから

だったら夢で見ましょ

現実《いま》におびえてる自分を元気づけてあげよっ

夢で見ましょ

現実《いま》に追いかけられている自分と一緒に

現実《いま》を追いかけてやろっ

夢で見ましょ

元気になった自分が目を覚まして

また現実《いま》を歩いてる姿を…

Because I love you.

変だね…

ホント…変だよね…

“いつもの”私じゃないよね…

私の中にこんなに…

こんなに頬を伝うものがあったなんて…

自分でも驚いてるんだよ…

…でもね、少しだけどわかったんだよ

遠すぎてもミエナイモノ

近すぎてもミエナイモノ

だけど「それ」は

今の私が決して失くしたくないモノなんだって…

I feel a pain in my chest

when I think I love you.

Love

目を閉じて

そっと想像してみて下さい

あなたの“素敵な恋”って

どんなのですか？

（よかったら後で

　　　　　教えて下さいね…）

逢いたいです

ずっと孤《ひと》りでも大丈夫だったのに。

なんでこんなに寂しくなっちゃうんだろ？

でもね　なんか　変なのだ。

孤りが寂しいっていうのとチョット違う。

友だちとはいつも通りしゃべってるし。

バイトでも…おんなじ。

周りには変わらず声かけてくれる人がいる。

うーん…いつもと違うトコ？

あの人がいないコト。

あの人の声が聞けないコト。

なーんだ。

……。

逢いたいなぁ。

風見鶏

私のこと見ていて欲しいけど

ムリヤリこっち振り向かせたら

あなたの気持ちはくるくる回って

私の知らない誰かさんへと向いちゃうでしょ？

たまには視線に気付いてよ！

「すき」のきもち

ねぇ…

「すき」の気持ちに気付いたの。

思い浮かべただけで

耳までまっ赤になっちゃうの。

となりにいると

あなたに近いところだけポカポカしてくるの。

ケイタイの声だけでもほっぺたピンクになっちゃうし

ムネの奥がウズウズしてくるの。

ねぇ…

好きになっちゃった。

責任とってくださいね

なんにもわかんないのに

どーしていいのかわかんないのに

ふえていく“すき”なきもち

Love Me?

“好き”って言ってもいいですか？

“ひとり”だから強がれるんです。

ねぇ　声が聞きたいの…

話しかけてる写真のあなたは

いつも優しいんだもの

ねぇ　メールって確かに便利かもだけど…

書けない気持ちってやっぱりあって

余計に想いが募ってしまうわ

ねぇ　眠れない夜…

寂しいのはあなたがいないから

ホントにそれだけなんでしょうか？

ねぇ　夢を見てもいいですか…

携帯が鳴らないってただそれだけなのに

こんなにも胸が痛いんです

ねぇ　あなたの足跡に…

少しあとからでもいいから

私のを並べてみてもいいですか？

ねぇ　“あなただけの私”なのに…

……

私だけじゃダメですか？

私だけの人とは言わないけれど。

あなたの“やさしい”がほしいの。

そんなにいろんな人にあげないで。

痛いよ…

ココロが。

明日も会えるかな？

明日も会えますよーに。

明日も話せますよーに。

今日より近くにいられますよーに。

私の気持ちのちょこっとでも。

気づいてくれますよーに。

でもやっぱり。

話せるだけでもいーかも。

会えるだけでもいーかも。

一人が痛いとき

泣きたくて
誰かに聞いてほしくて
携帯に手をのばすのに
相手のこと考えちゃって
結局かけられない
心がチクチクしたまま
お布団の中で
今日も一人で泣いています

恋してる？

ココロが恋愛モードになってるの。

ワタクシビジョンの中で

あなたにスポットライトが当たってるの。

目が合っても何も言えないくせに

あなたがいなきゃ

想いはいくらでも言葉になっちゃう。

伝えたい想いと

叶えたい気持ちに遊ばれながら

今日もあなたが

アタマから離れません（笑）

告白

そのときのきもちをつたえる

怖さしか

しらないんです。

ラブレター

「好き」

を

伝える勇気が

あのとき

私の中にも

あってよかった。

好きな人がいる人を好きになった

私が求めていいのはどこまでなんだろ？

「私」に聞いてみた。

とてもとても好きなのに。

どうして一生懸命

キライになろうとしてるの？

キモチとコトバ

キモチをコトバにするのって
ホントにムズカシイ…
でも。
私なりのコトバが
まっすぐに伝わると
やっぱりめっちゃうれしいです。

不思議なアナタ

別に待ってるわけじゃないんだけど
すっごくいいタイミングで
現われるんだもん。

in the room

ひとりぼっちはさびしいの。

やーねぇ、もぅ。

つくってしまってるとこ。

けっこうばれてる（笑）

To Me.

安心してたり

不安だったりで

ただ

“待ってる”のって

“何もしてない”のと

同じことだよ。

わかんないけど。

自分のことを話せば話すほど。

終わりに近づいてる。

なんでだかわかんないけど。

そう思う。

私

あなたを知れば知るほど。

私じゃダメな気がして。

なんでだろ？

ごまかしてばっかり…。

どうしていつもこうなんだろ。

私は。

恋心

“好き”が“嫌《イヤ》”になることは

よくあるけど

“嫌い”になるのは

ホント難しい。

「好き」

そうね。

例えばオイシイ料理を

つくるのが好きなんじゃなくて

「オイシイ」って言ってくれるから

料理が好きってこと。

同じじゃないよ。

大事なこと。

泣き虫

あなたは

知らないかもだけど

私って

すっごい泣き虫なんよ。

初めての call

台本があっても

きっと

しゃべれない

自分にイライラする

どうして自分のキモチを

誰かにたずねるの？

私《アナタ》はどうしたいの？

第二章

恋占い

最近ちゃんと泣いてますか？

なんだかとってもがむしゃらで
誰かのためとか
自分のためとか
そんなの私にはわからないけど
時々見つけてしまうの
「たすけて！」って…
ふいに目があったときとか
聞き逃しそうな声とか…
ねぇ…最近ちゃんと泣いてる？
一人でいるときだって
泣くの我慢しちゃいそうなあなただもの…
愚痴とか弱音とか
いっぱい聞いてあげたいけど
あなたは隣で泣いてくれるかしら…？
いっぱいいっぱい
抱きしめてあげたいのに…

only one

大事にしなきゃとか

幸せにしなきゃとか

そんなんどーでもいいの

あなたがいればそれでいい

最後の質問

今よりもっと
あなたを好きでいれば
ずっとずっと前から
あなたを知っていれば
もっともっと
あなたの事わかってあげたなら
このまま一緒に…
いてくれますか？

いいじゃない

優しさが恋に変わったって

いいじゃない

憧れが恋に変わったって

いいじゃない

あなたは今

――私にとって“一番の人”になる

Only you…

愛してあげる…
ホラ私のこの指で
触れてあげる…
ホラ私のこの唇で
どう…？
あなただから見せてあげる
あなたにしか見せられない
私なしじゃ生きられない
そんな世界に導いてあげる
darlin'… please give me your love…
ねぇ　どんな私なら好きでいてくれる？
ねぇ　どんな私なら側にいてくれる？
あなたじゃなきゃ見せてあげない
あなただから見せてあげる
心に決めた人だから
本当の私見せてあげる…
あなたにしか見せられない
あなただから見せてあげる
あなたじゃなきゃ見せてあげない

一言、どうぞっ！

一途でだっていいじゃないっ！
今はまわり見えてないんだからっ
アイツしか見えてないんだからっ
自分でもバカみたいにはしゃいじゃって
自分でもあきれるほど純粋になっちゃって
カッコ悪いほどテレちゃって
でもね　ハッキリ言えるよっ
アイツのこと「好き」って!!

うれしかったりして…

せいいっぱい背のびして
いつもと同じ街を歩く
一生懸命大人びた
いつもと違う私が歩く
“たまにはアイツを見返してやるんだっ！”って
がんばってみたのに
かんじんのアイツは笑ってばかり…
でも「いつものままでいいのに…」っていう
皮肉にも聞こえるアイツの台詞が
なんだかうれしかったりして…

幸せです

私はあなたの側にいたいのです

あなたの為だけにいたいのです

あなたの言う「優しい笑顔」や「優しい声」も

あなただけの為でありたい

私はあなたがいて幸せです

だから「幸せですか？」とは尋ねません

もっと側にいてもいいですか？

ずっと幸せでいたいから…

涙

いつからだっけ？
涙を流すことがとても下手になってる
私にとってきっと弱点になる
いつからだっけ？
涙を流すことが何故か上手くなってる
あなたにとって私の涙はきっと弱点になる
そう…私にとって最大の武器になる

好きだけど…

不思議なくらい安心してしまうの
あなたの声や体や
何より私のこと好きでいてくれること
それだけでも前より少し強くなれた気さえする
“ものわかりのいい女”
“何でもわかっていてくれる女《ひと》”
でも私だって不安だし心配だってしたくなる
あなたのこと好きだけど時々怖くなるの
「今」だけを考え続ける毎日じゃ
いつか違う誰かが現れた時
心が動いちゃいそうだよ…

わかってる…

楽しい夜にしゃべりたいこと。

寂しい夜に聞きたい声。

楽しい夜にしゃべりたかったこと。

寂しい夜に聞きたかった声。

恋人用の台詞で。

恋人用の笑顔で。

あなたといること。

だけどそれは「私」じゃない。

私じゃない…。

間違ってるって理解《わか》ってる。

だけど…。

forever with you…

こんなことを言うとあなたは怒るかもしれない

けれど本当のこと言うと

あなたのこと本気なのかわからないの

あなたの想いを聞く度

私の気持ちがどんどん不安に包まれていく

でも一緒にいたいと思う

ずっと側にいたいと思う

あなたの何もかもが私を安心させてくれる

あなたの温もりをもう覚えてしまってる

今一人になるのはとても怖い

あなたのいない自由はきっと私を縛る

それでもこの答えは出さなきゃいけない

出さなければきっと今よりも側にいられなくなる

それでも受けとめてくれますか？

私の気持ちを…

私の全てを…

What is love?

人を「愛する」ということは
どんなことなのでしょうか？
TV や雑誌じゃ悟ったかのように
「愛は与えるものであって求めるものではない」
なんて言ってるけど
それなら今
私があなたに求めているのは
一体何なのでしょう？

好きだよ。

どんなに願ってみても

叶うことのない

そんな約束だと

わかっていても

やっぱり

あなたと交わしたい

「いつまでもずぅーっと一緒にいようね。」

そんな哀しいこと言わないで

他人《だれか》にわかってもらえなくても

別にかまわない

“好き”を

心のずっとずっと奥に

閉じ込めて生きること

身体《からだ》に悪そーな

精神《こころ》にも悪そーな

そんな日々が

続いたとしても…

Sweet time

いつだってあなたは
私を守ってくれてる
毎日のどこかに潜んでる
ツラさとか不安とか…
でもね今みたいに
私のひざの上で
涙ガマンしてるから
「まっ、いっか…」
みたいな気持ちになる
たまーにでいいからサ
私にもあなたのこと
守らせて…

cute

初めて見た寝顔に

心をごっそり持ってかれました（笑）

kiss

ドキドキした…

初めて

“ああ…この人のこと

好きなんだなぁ…”って

思えちゃった時みたいに

ドキドキした…

gift

まっしろなクリームは
純粋な気持ち。
赤いイチゴは
ピンクのほっぺ。
ふんわりスポンジは
ほんわかな想い。
デコレーションは恋仕様で。
あなたがニンマリしてくれたら
私もニンマリしちゃうから。
そしたら一口くださいナ。
あなたの気持ちを
私の唇へ。

きっと…

ねぇ

私たちって

出逢っても

よかったんだよね？

Sunset

トーストの上で
溶けてくバターみたいな
太陽を
手をつないだまま
見てるの。
久しぶりに会えて
いっぱいいっぱい
はしゃいだのに。
今日一日が
カンタンにかすんじゃう程
“二人”を感じた瞬間。
もっともっと
“一緒”が欲しくなった
そんな夕焼け。

ゼイタクですか？

本当の気持ちでも

嘘の気持ちでも

何げない一言でも

一生懸命な一言でも

あの時の私は

「コトバ」が欲しかったの。

ゴメンね。

くやしーな…

何か言い返せばいーのに。

やさしーな…

やっぱ謝ろ。

WITH YOU

涙を流したのは初めてですか？
それともとてもとても長い間
涙の存在すら忘れてしまっていたのですか？
まるで今のあなたは
頬を伝うものがなんだか解らないような
まるで心を動かしている想いに驚いているような
そんな表情《かお》。
拭ってあげるのが私でよかったのかしら？
「私も涙が流れるくらい嬉しいのよ。」
って言うと
きっとあなたは笑顔でうなずくでしょうけど。

やっぱ、絶対、うれしいんだもの！

私はね

ただ　あなたに会いたいなーって

思ってただけなの。

あとね

電話でもいいから

声が聞けたらなーとか

メールでもいいから

来ないかなーとか。

ホンワカ

あなたの肩に
もたれかかってると
あったかくて
なんだか気持ちよくて
眠たくなってしまうのです。

実はちょこっと悩んでマス。

私ってね

両想いになってもね

片想いのときと

おんなじテンションで

接っしちゃうんだ

だから　そのうち

うっとーしく思われちゃうんじゃないかって

不安なんだ

chu!

髪型変わっても

なーんにも言わないやつが

リップ変えた私に

キンチョーしてる。

なんだかとってもウレシイぞっ！

にゃー

気が向いたら大好きなあなたのもとへ。

あったかくてやさしーにおいのするあなたのもとへ。

一人（一匹？）でいる時は声をかけないで。

寂しくなったら探すから。

声と体をたっぷりつかって甘えたら。

あなたはしょーがなく私を抱き寄せてくれる。

とてもとてもやさしー手つきで

26時のベッドの中で

心臓の音…

聞こえる…

こんなに近くにいるんだもん

胸に耳あてなくても

聞こえるよ

不思議…

すっごく心地いい…

キス

あなたの前ではカッコ悪いとこ

やっぱ見せたくないじゃない。

でもこの前ね。

キスのとき…こう目を閉じるじゃない？

そのとき私ってどんな表情《かお》してるんだろって

ふと気になって鏡の前でして見たのね。

“ちゅーぅ”って。

そしたらめっちゃヘンな表情《かお》（笑）。

あんな表情《かお》。

あなたの前だけでジューブンだわ。

ありがとう

あなたがいてくれるから
ムズカシイ顔の日が減ったみたい。
弱いトコ見せられるって
こんなにも大事なことだったんだ。

すりすり

服の生地が
気持ちいいからってことに
しといてよ
理由なんて聞かないで
しあわせなんだから

ホラッ、こんなにあるよっ

たとえば

メールを送ろうと文を考えてるとき

たとえば

ケータイ持ってなに話そーか考えてるとき

たとえば

あなたに逢いたいなぁって思ったとき

そして

逢いに行くまでの道を歩いてるとき

たとえば…

もっとたくさんあるけど

あなたのこと好きだなぁって思う瞬間

どのくらい？なんてわかんないけど

好きなんだなぁって思う瞬間

Kiss

キスってね。

ものすごいゼイタクだと思うの。

だって

大好きな人の顔を

世界で一番近くで

見られるんだよ！

うれしくてかなしくてムカついて

たくさん伝えたい気持ちや出来事を。

一生懸命カタカタ打って送信。

少し経ってから返ってきた返事が。

やけに短くて。

……ぶぅ。

ありがとっ。

泣きたいときに
泣いていいよって
言ってくれるのは
私が私でいていいよって
言ってくれてるみたいで
うれしーの。

ずっとあなたでいい。

次なんて考えたくない。

一生あなたがいい。

私なりのlove

あなたが自分を嫌いなときは。

私が好きでいてあげる。

smile!

今日から営業スマイルは

しばらくの間、

お休みなのです！

海の香り。イルカと泳いだり。

くじらの潮に飛ばされたり。

魚のカーテンにびっくりしたり。

溶けてくバターみたいな夕日に感動したり。

たとえ実際は近場の海でも。

たとえ水族館のおさかなでも。

幸せフィルターでなんのそのっ！

あなたと過ごす。

初めての夏休みっ！

赤い糸

小指を。

曲げてみる。

あなたが。

小指をさすりながら。

キョロキョロしてるのを。

想像しながら。

私の知らない世界

あなたとあのコの

妙に自然な笑顔が

私の不安をかきたてる

なんかヤだ…。

いっつも

なに考えてんのか

ぜーんぜんわかんないのに。

ちがう人のこと

考えてるときはすぐにわかっちゃう。

“求めるもの”

抱きしめるだけで

抱きしめられるだけで

涙が流れた

止まらなかった

だからあなたなの。

あなたじゃなきゃって瞬間が。

確かにあるの。

だから。

私にはあなたなの。

…迷惑だった？

ただ

待つしか出来ない。

そんな自分が

なんか嫌で。

coffee

ブラックが飲める。

それがまた似合う。

そんな女性がなんだかカッコ良くて。

そんな大人になりたかったけど。

何年経っても。

苦くて飲めにゃい（泣）

急に抱きつきたくなる。

たまにね。

突然不安になるの。

あなたの相手が

ホントに私でよかったのかなって。

どんどん欲ばりになっていく…

あなたは誰にでも優しいから。

誰が一番かなんて聞けないけど。

やっぱり一番がいーな。

『鈍感なやつ（笑）』

明日また会える。

そんなことより。

も少し一緒にいたい。

この乙女心が。

わからんかなぁ。

誰が何と言おーともっ！

とってもやさしいあなたに
メロメロな私なのです。

恋文

恋をしてるんだと思う。

恋に落ちてるんだと思う。

あなたに。

あなたに。

第三章

Re：ありがとう

Piece of Heart

私の心は薄っぺらだな。
見えてるのに。
聞こえてるのに。
アレにもコレにも気付かずに。
たくさん転がってるのに。
上手く見つけられない。
上手につなぎ合わせられない。
こんなにも胸が痛い思いしないと
気付けない。
もっと大きくて広くて
いろいろ入ってる心だったら。
こんなにも傷付けずに
済んだのかな。

怖いくらいに…

あなたは優しすぎる人でした
いつも私の事ばかり考えていて
いつもそれで苦労して…
あなたは優しすぎる人でした
いつも私の事一番にしてた
いつも私の事好きでいてくれた
私もそんなあなたが好きでした
でもいつか私のために
いなくなってしまいそうで
私はそれが怖かったんです…

そして、また…

信じる事…

愛する事…

涙もきっと

大切な言葉になる…

追いかける事…

振り返る事…

サヨナラもきっと

幸せの始まりになる…

強くなりたい…

“もっともっと”じゃなくていい
“少しだけ…もう少しだけ”
あなたの側にいたいのです
“もっともっと”じゃなくていい
“少しだけ…ほんの少しだけ”
強くなりたいのです
次の朝が来れば
あなたはもう…いないのだから

ねがい

叶えたいねがい。

叶わないねがい。

何度もくりかえすようにつぶやく。

手に入れたかったもの。

そばにいてほしかった人。

言ってほしかった言葉。

言えなかった気持ち。

“ひとりじゃない”と言い聞かせながら。

確かめるように手をふらないで。

weep all night…

どーしていーか　わかんないよ

声が出ないよ

なのに涙はどんどん溢れてくるし

ちーさな胸の中にしまってた

たいせつなたいせつな想いが

重くて…苦しくて…

どーしていーか　わかんないよ

わかんないよぉ…

ココロ　ト　カラダ

心が離れれば体が寂しがる
体が離れれば心が哀しがる
心も体も離れてしまえば
もう…涙さえ流れやしない
心も体も近くにあれば
幸せの…
幸せの色も匂いも
わからなくなる…
I know…?
You know…?
それでも心も体も凍えてる
あったかくなりたがってる
だから
触れていて…
側にいて…

I miss you…

大好きな人と一緒にいられる時間は

一人の時とは違う“寂しさ”を教えてくれた

あなたと一緒にいる時間は

どんな世界をのぞいてみても

決して感じることの出来ない

“あったかさ”を教えてくれた

大切な人がいなくなってしまった時間は

一人の時より強く“寂しさ”を

感じさせることも…

そしてどれだけ

あなたが私の中を占めていたのかを

教えてくれた…

抵抗

“サヨナラ”が言えないように
あなたの唇をふさいでしまうの
たとえそれが
最後の抵抗だとわかっていても
たとえこうすることで
あなたを困らせることを
知っていたとしても…

Message

男らしくじゃなく

“僕”らしく

女らしくじゃなく

“私”らしく

忘れないで…

失くさないで…

消えてしまいそうで…

うまらないスキマに
あせってうろたえて
あれこれつっこんでみても
よけいにスキマは広がって
怖くてしようがないのに
目をつぶらないのは
閉じた一瞬の間に
あなたがいなくなっちゃいそうで
私の前から
消えてしまいそうで…

あなたと一緒に帰る道

いつもと同じ道を
いつもと同じ
あなたと一緒に帰る道
ほんの少し前に
別れを告げたばかりの
そんな２人だけど
「これで最後になっちゃうのかナーっ」って
一緒に帰る道
言いたいコト、言えなかったコト
謝りたかったコト、伝えたいコト
でも何も…なーんにも言わないの
どーでもいいコトなら話せるのにね
でもね届いてるよ私にも
きっとあなたにも
だからいつもと同じ道を
いつもと同じ
あなたと一緒に帰る道

イジワル…？

恋ってイジワルだよね
下手なコトしたら
“友達”って関係さえ
失くしちゃう

room

アナタがいない

たったそれだけで

この部屋は

こんなにも

静かになるものだろうか…

miss you…

naked eyes

優しくしないで…

私は

どうしたらいいのか

わからなくなってるんだから

自分のキモチに

正直になりそうなんだから

おねがい

今は

優しくしないで…

It's an end really in this?

もっと笑い声が聞きたかった。

うれしいとか楽しいの“声”は

こっちもおんなじになれる。

もっとケンカしとけばよかった。

“どんなことで怒るのか”

それがわかるのってすごく大事なこと。

ずっと一緒にいたいから。

とても大事なこと。

もっと泣いとけばよかった。

私だって泣くことがあるってこと

知ってて欲しかった。

“強い女性《ヒト》”が定着してるから

泣いたり甘えたりが

どんどん苦手になっていった。

もっと気持ちが知りたかった。

もっと気持ちを聞いていたかった。

「ねぇ」

ねぇ…

さよならの夜。

思い出したくないのに

思い出すことばかり。

矛盾？　違うよ。

「ホントの気持ち」

と

「ウソの気持ち」

が心の中でケンカしてるの。

思い出すたびに

心が痛い思いするのは嫌だけど。

そんな想いに

変わってしまうような結末も嫌だけど。

それくらい…

心に跡が残るくらい抱きしめてもらえる

そんな恋ならいいよね。

だって、そう思えちゃうんだもん。

誰だって

泣いて夜を明かすことなんて考えてちゃ、

きっと誰の隣にもいられない。

誰だって

隠しきれないドキドキを

一生懸命、工夫して

伝えようとしているんだもの。

ね？

だから今は

泣いていいんだよ。

幻想

あなたがどこにもいないの

とてもとても好きで

とてもとても想っていたハズなのに

私の心の中の

どこを探しても

あなたのカケラさえも見つけられないの

あなたの気持ち、やさしー気持ち

“忘れられる”んじゃなく

“消えて”いけるのなら…

闇

必死でのばした手は
何にも届かず
ツメの先にかかった
闇の感触だけが
やけに生々しく伝わってきた

涙の海で

蒼い蒼い海に

白い体を浮かばせる女

恐怖と憎しみと哀しみの涙が

創り上げた海原でひとり

今宵も月に照らされて

強くなれたとき。

とてもとても哀しい恋の終わりでした。
とてもとてもたくさんの涙がこぼれました。
自分の中にどうしてこんなにも
深い穴があるんだろうって思えるくらい
心の何かが落ちていきました。
あれからたくさんの時間が流れたのに
私はまだそこに囚われたままです。
でもいつか…
あの人のことを
切ない思い出として語れるとき
あなたにそばにいてほしいんです。
待っていてくれませんか？

why

あなたとの恋の始まりは
はっきりと思い出せるのに
どこで恋をなくしたのかは
全然わからない
まだ想いはこんなにも
胸をしめつけるのに
「好き」を伝えたい
あなたがいない

あなたのいない夜

やけにベッドが広すぎて。

やけにベッドが冷たくて。

気になったら遊びに来て～（泣）

きっと私は

未練タラタラであの人を

忘れることなんてできないでしょう。

でももう一度

振り向いてくれるまで待ってる勇気はないみたいです。

というわけで。

しばらくの間グズグズしてまーす。

again

ここで振り向いたら
ドラマみたいに
あなたも振り向いてくれるかな…
そしたらなにか変わるかな？
そしたらなにか始まるかな？

ONE

“ひとり”だから強がれるんです。

アナタだから　私だから

幸せのために
不幸になるのって
なんだか違う気がするの。

私だって…

「あぁ　この人は

私のこと本気で考えてくれてるんだなぁ」

って

思えたから

離れることが出来たんです。

久しぶり

すこしはオトナになったかな？

すこしはイイ女になったかな？

あの頃より。

“ふたり”だった頃より。

Re:

ありがとう。

私はもう誰も信じない。

第四章

Everyday

Everyday

今日あることも

明日起こることも

ぜーんぶ

初体験じゃない。

失敗なんてあたりまえ！

“がんばっちゃいませんか？”

月光

涙は高く高くのぼり

優しくやわらかく夜を照らす月の光は

一層

その輝きを増す

それはとても哀しいことです。

いつも

いつまでも

やさしい思い出に

つつまれたまま

生きていくのですか？

ちょっと待ってて。

今夜は私だけの夜。

さっき決めたの。

だからたとえ“彼氏《あなた》”でも

入ってきちゃダメ。

弱音はけるところまでいけたら

まっ先に“あなた”だから。

TIME

波の音を聞きながら

砂の感触を楽しみながら

ただ…ただ…海を眺めてる

大好きな人と一緒も楽しいかもだけど

今はこの時間がとても好き

一人だから楽しめる時間

私だけの楽しめる時間

強く儚き者たち

あたたかな闇を知ってますか？

つめたい光を知ってますか？

闇のつめたさは知っているのに。

あたたかな光は知っているのに。

でもね…。

でもね…。

それはあなたが映し出しているもの。

それはあなたじゃなきゃ見えないもの。

汚《けが》れは弱さじゃない。

純粋さは強さじゃない。

弱いままでいい。

強くなれ。

yours

誰かの道をたどったって

決して同じ道にはならないよ。

sky ～伸ばした手の向こう側

空の青に

触れるんじゃないかって

思うときがある。

いやマジで。

光

虹のたもとには
すっごい宝物があるんだって
でもどんなに追いかけてみても
虹には届かなくて…
私にとっての
「恋」とか「大切なもの」って
そーいうものなんじゃないかなって
思ってみたりで…
やさしい光が当たってるんだけど
無理にそこに行こうとすると
どんどん遠ざかってる…
そんな気がしちゃう
きっとそれを手に入れるには
まだまだ努力が必要！
うん。
「がんばれ、私！」

まだまだこれからっすよ!!

失敗は“も一回やるっ!!”

成功は“次いってみよう!!”

めちゃめちゃ忙しい日々のなかで。

みんなよりはるかに遅いペースで。

今日も私は進んでく。

前へ前へと。

しょっちゅう寄り道しながらだけど（笑）

それでも必ずたどりつく！

「いつか」は。

「いつも」ね。

「いつのまにか」やってくるから。

ちゃんと気付けるよーに。

そのときがわかるよーに。

私の歩幅は今日もいっしょ。

昨日の私と。

明日の私と。

変わらないのがきっと「私」♪

宝の地図

上手に生きらんなくてもいいじゃない?

もともとぐねぐねした道を歩いてるんだから。

どーせなら

きれいな道探すより

目的地を見つけよう。

“これだっ!”って

思うの見つけたら

道なんてカンケーない。

どこまでも

まっすぐ突き進めっ!!

ハピネス～ユメミルコウサテン

毎日おんなじことの繰り返しで
私自身なにやってるのか
なんだかわかんなくなって
よくひとりでへこんでるんだけど
そこへ行くと
時間は確かに流れていて
私があの日目指したものが
今でもはっきり思い出せる
「こんな私でも」が
口癖だったのに
すっごく怒ってくれた友達や
きっと私みたいに
迷子になってる人たちが
不思議と出会っていく場所
偶然なんかじゃない
みんな小さな奇跡に出会って
手をつないでいるんだ
やっぱ私は幸せ者なのだ

元気出して

その気になったらでいいから。

ひねり出せるだけ出して。

ちょびっとでも元気が出たら。

きっと大丈夫。

「よしっ！」って言っちゃえ!!

I can live again.

自分が選んだり

流されたりで。

現在（いま）いる場所は

いつか描いた場所とは

全然違うけど。

あの時キャンパスにいなかった人たちが

こーして私を包んでくれる。

チクチクだったり。

ふんわりだったり。

現在（ここ）は

あの時にはなかった

色（想い）がいっぱいあって。

あの時は知らなかった

「かなしい」を知ってるから。

「うれしい」がいっぱいある場所。

way

何が正しいのかとか。

どこで間違ってたのかとか。

ちょこっと考えすぎじゃない？

踏み外した先にだって。

道はあるんだよ。

道を見えなくしてるのは。

ツライとかコワイの経験と。

成功したことのある。

どっかの誰かの知識。

今一番必要なのは。

「する」か「しない」かと。

そこを決める「勇気」。

勇気が足りないときは？

そのための私でしょ？

どぉぉぉぉぉんと。

背中を押してあげますよ。

悩みなんか吹っ飛んじゃうくらいに（笑）

ミエナイチカラ

前に好きだったひと。

今、一番大事なひと。

好きな歌だったり。

好きなお話だったり。

友達とかライバルとか。

先生や尊敬してるひとや。

すっごく負けそうなとき

思い出したりすることない？

全然関係ないはずなのに

背中を押してくれてる気がするの。

「がんばれ」って

肩をたたいてくれてる気がするの。

そんなことないよ。

あなたのことだから
何も出来ない現在《いま》の自分が
嫌になってるんでしょ？

ヤサシイやさしさ

「そのままでいいんだよ」って言ってくれる。

それはやさしさなの？

「変わってもいいんだよ」って言ってくれる。

これってやさしいの？

伝わりますか？

伝わりますか？
私にはことばを紡ぐことしか
できないけれど。
伝わりますか？
私のせいいっぱいの
“ありがとう”な気持ちです。

著者プロフィール
楓 流衣（かえで るい）
1975年生まれ。岡山県英田郡西粟倉村出身。現在、岡山県津山市在住。
2003年に『最近 空を見上げてますか？』を文芸社より刊行。

最近 ちゃんと泣いてますか？

2004年12月 2 日　初版第 1 刷発行
2011年 2 月10日　初版第 4 刷発行

著　者　楓 流衣
発行者　瓜谷 綱延
発行所　株式会社文芸社
〒160-0022　東京都新宿区新宿1－10－1
電話　03-5369-3060（編集）
03-5369-2299（販売）

印刷所　株式会社エーヴィスシステムズ

ISBN4-8355-8349-3